LE

MAGASIN THÉATRAL,

CHOIX DE PIÈCES NOUVELLES

JOUÉES SUR TOUS LES THÉATRES DE PARIS.

Deuxième Année.

Théâtre des Variétés.

LE PÈRE GORIOT,

Vaudeville en trois actes.

PARIS,
MARCHANT, ÉDITEUR, Boulevart Saint-Martin, 12;
BRUXELLES,
Aug. JOUHAUD, Passage de la Comédie, 9.

1835.

LE PÈRE GORIOT,

DRAME-VAUDEVILLE EN TROIS ACTES,

Par MM. Théaulon, Al. Decomberousse et Jaime,

REPRÉSENTÉ POUR LA PREMIÈRE FOIS, A PARIS, SUR LE THÉATRE DES VARIÉTÉS, LE 6 AVRIL 1835.

PERSONNAGES.	ACTEURS.	PERSONNAGES.	ACTEURS.
LE PÈRE GORIOT, marchand de vermicelle.	MM. VERNET.	LA Csse ANASTASIE } filles de Goriot.	Mmes JOLIVET.
LE COMTE DE RESTAUD. . .	ALEXIS.	LA Bne DELPHINE. } filles de Goriot.	POUGAUD.
LE BARON DE NUCINGEN. . .	LAMARRE.	Mme VAUQUER.	LOUISA.
M. RICHARD, notaire. . . .	PROSPER.	Mlle MICHONNEAU. . . .	VAUTRIN.
EUGÈNE DE RASTIGNAC. .	BRESSAN.	VICTORINE.	A. BEAUCHÊNE.
VAUTRIN.	DUMOULIN.	SYLVIE.	MOUTIN.
M. POIRET.	GEORGES.	PENSIONNAIRES.	
		AMIS ET VOISINS.	
		DEUX GARDES DE BICÊTRE.	

La scène se passe à Paris ; au premier acte, chez Goriot ; au second acte, dans une pension bourgeoise ; et au troisième acte, dans une maison de santé.

ACTE PREMIER.

Le théâtre représente une arrière-boutique.

SCENE PREMIÈRE.

RICHARD, VICTORINE.

VICTORINE. Oui, monsieur, j'ai prévenu M. Goriot de votre arrivée, et je pense qu'il va venir bientôt.

RICHARD. Très-bien, mon enfant, j'attendrai.

VICTORINE. Vous savez que c'est pour un mariage !

RICHARD. Oh !... quand le célèbre vermicellier de la rue de la Jussienne, un homme aussi riche que M. Jean-Joachim-Victor Goriot, marie ses enfans, ce n'est un secret pour personne.... tous ses voisins en sont instruits.., et en ma qualité de notaire, je l'ai su le premier.

VICTORINE. Ah ! monsieur est le notaire... et vous avez tout ce qu'il faut pour faire un contrat ?

RICHARD. Et pour en faire deux, car on marie, je crois, en même tems, mademoiselle Delphine et mademoiselle Anastasie.

VICTORINE, *vivement*. Oui, oui, toutes les deux...

RICHARD. Et vous voudriez bien, j'en suis sûr, qu'on pût dire toutes les trois.

VICTORINE. Oh ! moi, je ne suis pas leur sœur.

RICHARD. Je vous l'aurais souhaité, mon enfant, car ce doit être un bonheur d'appartenir à un homme dont la réputation est établie si honorablement dans toute la halle au blé.

VICTORINE. Ah ! je crois bien, monsieur, et autre part encore, sa bonté est inépuisable, elle est passée en proverbe dans le quartier ; depuis que je suis ici, j'ai été à même d'en juger.... Mais, silence, le voici ; il ne veut pas qu'on parle du bien qu'il fait.

SCENE II.

Les Mêmes, GORIOT.

GORIOT. Ah! ah!... bonjour, monsieur Richard.... bonjour; comment, on ne vous a pas fait asseoir... Victorine, qu'est-ce que c'est donc que cela?... tu n'entends pas tes intérêts... une jeune fille doit toujours être polie avec ceux qui font les mariages... (*Au notaire.*) Avec ça que si elle avait voulu aujourd'hui, nous aurions pu signer trois contrats au lieu de deux.

VICTORINE. Oh! moi, je ne veux jamais vous quitter, monsieur Goriot.

GORIOT. Pauvre enfant!... figurez-vous, monsieur Richard, qu'elle m'a été amenée il y a cinq ans... elle avait été trouvée sur une grande route... je l'ai reçue avec plaisir... nous avons été cinq ans sans revoir celui à qui nous la devions....... M. le chevalier de Vautrin... un bon enfant... un farceur aimable, qui m'amuse... voilà trois mois qu'il est revenu d'un voyage d'Amérique.... il a depuis fréquenté ma maison... et à force de voir sa petite trouvaille, il avait fini par l'aimer... et par me la demander en mariage... mais elle a refusé, et je ne veux pas la contrarier... ça se fera peut-être plus tard... car ce n'est pas ton dernier mot... Allons, va retrouver mes filles, elles ont besoin de toi.

VICTORINE. J'y vais.... (*à part*) par amitié pour lui, car elles sont aussi fières que leur père est bon et aimable.

(Elle sort.)

SCENE III.

GORIOT, RICHARD.

(Ils s'asseyent près de la table.)

RICHARD. Nous disons donc, monsieur Goriot, qu'il s'agit de contrats?

GORIOT. Oui, monsieur Richard, bien dressés, bien clairs, et pas de pattes de mouches... j'aime mieux y mettre le prix... vous savez les noms... Eh! mais c'est déjà fait.

RICHARD. Les noms des futurs sont restés en blanc...

GORIOT. On vous les dira tout à l'heure, les noms des futurs... Ah! monsieur Richard, aujourd'hui, voyez-vous... le roi ne m'irait pas à la cheville du pied. C'est un jour comme celui-ci qu'il faut venir voir le cœur d'un père... le soleil donne en plein dessus...

RICHARD. J'ai passé par là, monsieur Goriot...

GORIOT. Eh bien! tant mieux, vous avez été heureux aussi!.. Voyons, réglons les différens articles.... je donne à chacune de mes filles un million en argent...

RICHARD, *étonné.* Plaît-il?...

GORIOT. Vous n'avez donc pas entendu?.. un million en argent... ça sonne pourtant bien à l'oreille...

RICHARD. C'est vrai... mais vous pardonnerez mon étonnement..... la simplicité de vos goûts.... votre état de vermicellier...

GORIOT. Ah! dam oui!... ça n'est pas brillant... mais c'est solide... d'ailleurs, si je me suis enrichi, Dieu merci, on peut savoir comment... et vous plus que tout autre; dans le tems de la république, j'avais déjà quelque crédit, et comme président de ma section, je fus envoyé en Italie pour une mission diplomatique.

RICHARD. Et c'est comme diplomate que vous vous êtes enrichi?

GORIOT. C'est comme diplomate, si l'on veut... parce que si, d'un côté, j'ai agi comme un envoyé, de l'autre, je me suis comporté comme un marchand de vermicelle... et entre autres secrets d'état... j'ai surpris le secret des pâtes d'Italie; ça n'est pas si bête...

RICHARD. Très-bien... et je comprends maintenant...

GORIOT. Eh bien! voilà ce qui fait que mes filles sont... riches...

AIR : *Il est flatteur d'épouser celle.*

J'ai suivi jadis le grand homme,
Au sommet du mont Saint-Bernard.
Avec lui, de Paris à Rome,
J'accompagnai notre étendard.
Quand, par la victoire opportune,
Il revenait fêté... béni...
Moi, je rapportais ma fortune
Dans un plat de macaroni.

Et j'en ai fait tant manger à mes compatriotes, que je dois avoir bien des indigestions sur la conscience... c'est égal... vous pouvez mettre à chacune un million... maintenant passons au nom des futurs.

RICHARD. Je suis prêt...

GORIOT. Moi, Jean-Joachim-Victor Goriot... fabricant de pâtes d'Italie, je donne la main de ma fille Anastasie à M. le comte de Restaud.

RICHARD, *surpris.* A M. le comte de Restaud.

GORIOT. Et je marie ma fille Delphine à M. le baron de Nucingen.

RICHARD. Comment, ce riche banquier?

GORIOT. Lui-même... hein!... j'espère

que c'est beau... un comte!.. un baron!.. Ah! si j'avais songé à cela dans le tems, j'aurais travaillé jour et nuit.... car je suis un égoïste... si j'avais travaillé la nuit, j'en aurais peut-être fait des duchesses.... Voyons, continuons... ma fortune actuelle se compose de deux millions et quelques petits brimborions... les deux millions sont destinés à mes deux filles...

RICHARD. Ils sont inscrits ici...

GORIOT. Je possédais encore une autre somme... mais, je l'ai placée... à cette heure vous seul et moi, nous savons ce que j'en ai fait... passons aux brimborions, ils constituent une modique rente de deux mille francs que je me réserve uniquement.

RICHARD. Y pensez-vous?...

GORIOT. Je saurai m'en contenter; je garde en plus mon argenterie et quelques bijoux.

RICHARD, *se levant*. C'est là, monsieur Goriot, ce que je ne puis approuver...

GORIOT, *se levant*. Et pourquoi cela, donc?...

RICHARD. Parce qu'un père qui se dépouille ainsi pour ses enfans risque de faire des ingrats et de compromettre son avenir...

GORIOT. Monsieur Richard... vous êtes un brave et honnête homme!... mais vous ne savez donc pas qu'avant de m'établir, je n'avais pas un sou... c'est ma femme qui m'apporta les premiers fonds nécessaires à mon commerce... ce n'est donc réellement que le bien de leur mère que je rends à mes enfans... Depuis que j'ai eu le malheur de perdre ma femme, j'ai travaillé sans relâche... à mesure que mes filles grandissaient, mon courage grandissait aussi..... je me suis enrichi.... j'ai soigné leur éducation... mon aînée sait trois langues à fond; ma cadette touche du piano à nous faire danser vous et moi... Tout ce que je possède est donc à elles, bien à elles.... d'ailleurs mes filles... sont tout pour moi... je veux qu'elles nagent dans l'or... ainsi, arrangez tout cela, comme je vous l'ai dit, et n'en parlons plus... tenez, tenez, je les entends... vous allez voir si j'ai tort de tant les aimer...

SCENE IV.

LES MÊMES, ANASTASIE, DELPHINE.

TOUTES LES DEUX, *entrant*. Bonjour, père...

GORIOT. Bonjour, mes belles chéries... bonjour. (*A Richard.*) Hein!... comment les trouvez-vous?... (*A ses filles.*) Vous ne connaissez pas monsieur?... C'est celui qui vous marie... c'est mon notaire... faites lui une belle révérence.

DELPHINE. Avec bien du plaisir...

RICHARD. Je vous fais mon compliment, monsieur, vos filles sont charmantes...

GORIOT. Tenez... celle-là, c'est tout le portrait de sa mère... encore mieux... car c'est soigné, c'est bichonné... et sa pauvre mère était toujours dans la farine.

DELPHINE. Mon père, on ne dit pas ces choses-là.

GORIOT. C'était pourtant comme ça... et vous-même à cette époque ne passiez-vous pas la journée à glisser du haut en bas de mes sacs de farine comme deux petites folles?

ANASTASIE. Mon père...

GORIOT. Vous sentez, monsieur Richard, que, depuis lors, elles ont un peu changé d'amusement..... oui, oui..... et si nous étions là-haut, ma cadette vous jouerait une contredanse..... Mais je vais vous faire voir comme l'aînée est instruite..... Nasie, parle anglais à monsieur.

RICHARD. Excusez-moi, je ne sais pas l'anglais.

GORIOT. Eh bien, alors..... parle-lui allemand. (*A Richard.*) Elle va vous parler allemand.

ANASTASIE. Mais non, mon père... cela ennuierait monsieur...

GORIOT. Au fait, ça se pourrait bien... quand elles me récitent leurs leçons, je ne comprends rien du tout... mais c'est égal, moi, ça m'amuse.. et puis quand je parle, elles me reprennent... c'est drôle, on les a vues hautes comme ça, et ça vous reprend... Mais vous n'êtes pas encore parées pour la noce, mes chéries, et ces messieurs vont se rendre ici pour signer le contrat.

RICHARD. Quant à moi, je ne me ferai pas attendre.

DELPHINE. Comment, mon père... c'est ici que vous recevrez ces messieurs!

GORIOT. Et où donc?

ANASTASIE. Dans cette arrière-boutique si pauvre... si mal tenue...

GORIOT. Mon enfant, c'est ici que sont venues au monde les femmes que je leur donne, et c'est ici que j'ai gagné l'argent que je leur compte... (*A Richard.*) Voyez-vous l'ambition..... elles n'ont pas tort... ma boutique n'est pas élégante...

DELPHINE. Ah! vraiment, vous n'y pensez pas.

AIR : *Et voilà comme tout s'arrange.*

Vous prenez pour gendre un baron.

ANASTASIE.

D'un comte je serai la femme...
Vous auriez dû prendre le ton
Que ce nouvel état réclame.

GORIOT.

Mais je suis sans titre, sans nom...

DELPHINE.

Votre fortune est assez belle...

GORIOT.

Par ma foi, vous avez raison,
Et je ferai sur mon blason
Peindre un potage au vermicelle.

En attendant, je veux que le mariage se fasse ici... et ça n'empêchera pas que dans tout le quartier on dise que le père Goriot marie ses filles à un comte et à un baron... Venez, monsieur Richard..... je vais vous donner mes dernières instructions.

(Il sort avec M. Richard.)

SCENE V.

DELPHINE, ANASTASIE.

ANASTASIE. Après tout, ma sœur, nous sommes riches, et, si nous le voulions, on sait bien que nous pourrions briller...

DELPHINE. Dis donc, ma sœur... aimes-tu ton prétendu ?...

ANASTASIE. Certainement... un comte...

DELPHINE. Moi, dans le commencement, j'avais bien envie de refuser... car M. de Nucingen ne me plaisait pas du tout.

AIR : *Baiser au porteur.*

Pour m'annoncer cette alliance,
Quand mon père vint l'autre soir...
Tu crois peut-être que d'avance,
Seule j'avais pu concevoir
Un tel désir, un tel espoir.
Quand il parlait de mariage,
Je n'éprouvais point de bonheur...
Et ce n'est qu'au mot d'équipage
Que j'ai senti battre mon cœur.

ANASTASIE. Et c'est aussi pour cela que je me sens heureuse... Songe donc, ma sœur, des cachemires, des diamans, des voitures et une loge à l'Opéra.

DELPHINE. Et des soirées, des bals..... tous les plaisirs à la fois.. Mon Dieu! que ces messieurs se font attendre...

SCENE VI.

LES MÊMES, EUGÈNE.

EUGÈNE. Monsieur Goriot, mesdemoiselles.

DELPHINE. C'est ici, monsieur ; mais il n'est pas là pour l'instant.

EUGÈNE. J'attendrai..... si vous voulez me le permettre. (*A part.*) Quelles charmantes personnes!...

ANASTASIE, *à Delphine.* Il est très-bien, ce jeune homme-là.

DELPHINE, *à Anastasie.* Viens, ma sœur, allons achever notre toilette. Monsieur, veuillez vous asseoir, nous allons vous envoyer quelqu'un. (*Appelant.*) Victorine! Victorine! descendez.

(Elles sortent.)

SCÈNE VII.

EUGÈNE, *puis* VICTORINE.

EUGÈNE. Je ne reviens pas de ma surprise.... de l'élégance.... des manières charmantes..... Il est impossible que ce soient les filles du vermicellier...

VICTORINE, *entrant.* Ne vous impatientez pas, monsieur... M. Goriot ne peut tarder à venir.

EUGÈNE, *à part.* Eh! mais, vraiment... c'est fantastique..... encore plus jolie que les deux autres..... (*Haut.*) Seriez-vous une demoiselle Goriot?

VICTORINE. Moi; non, monsieur, je n'ai pas ce bonheur; je ne suis qu'une pauvre orpheline qu'il a recueillie par pitié.

EUGÈNE, *vivement.* Il se pourrait?...

VICTORINE. Et je me plais à le dire à tout le monde.

AIR : *Vos maris en Palestine.*

Sans appui dès mon enfance,
Je pleurais sur mon destin,
J'attendais qu'à ma souffrance
Quelqu'un vint tendre la main;
Je n'attendis pas en vain.
Ici, dans cette demeure,
Il a daigné m'accueillir,
Et j'aime à m'en souvenir;
Depuis ce tems quand je pleure,
Ce n'est plus que de plaisir.

EUGÈNE. Par bonheur, vous êtes ici, mademoiselle... et la réputation de M. Goriot me répond de votre avenir.

SCÈNE VIII.

LES MÊMES, GORIOT.

GORIOT, *à la cantonnade.* C'est ça... des fleurs... des bouquets... j'invite tout le monde..!.. je veux que tout le monde y soit.

VICTORINE. Voici M. Goriot.

GORIOT, *à Eugène.* Qui y a-t-il pour votre service, monsieur?

EUGÈNE. Monsieur, je viens toucher un billet, c'est une faible somme, et j'ai saisi cette occasion pour avoir le plaisir de me présenter chez vous.

GORIOT. Vous êtes bien bon, monsieur. (*Regardant le billet.*) En effet... « Il vous » plaira payer à M. de Rastignac... » Mais je connais ça... Est-ce que vous seriez parent de M. de Rastignac qui habitait Montauban.

EUGÈNE. C'est mon père... il m'a recommandé, à Paris, de fréquenter les honnêtes gens, et je venais vous voir, monsieur.

GORIOT. Vous avez très-bien fait, jeune homme; mais vous me surprenez dans une grande occupation.

EUGÈNE. Alors, je me retire...

GORIOT. Au contraire... je marie mes filles..... Eh! parbleu! j'y pense..... vous me ferez le plaisir de signer au contrat.

EUGÈNE. Je serai trop heureux..... (*A part.*) Et je pourrai voir plus long-tems cette jeune fille qui m'intéresse tant!

GORIOT, *à Eugène.* Voici d'abord votre argent... (*A Victorine.*) Ça se trouve à merveille... son père est le baron de Rastignac, que j'ai connu dans le tems à l'armée d'Italie....... Pendant la noce je pourrai compter aussi un noble du côté de mes amis; je n'aurai pas tout-à-fait l'air d'un gueux... (*Pendant ce tems, Eugène s'est approché de la jeune fille qui l'écoute en baissant les yeux. On entend un grand bruit dans la rue.*) Ah! voici tout notre monde...

SCENE IX.

LES MÊMES, RICHARD, VOISINS ET AMIS; *bientôt* LE COMTE DE RESTAUD, LE BARON DE NUCINGEN.

CHŒUR, *entrant.*

En ce jour le ciel récompense
La travail et la probité;
Le noble éclat de la naissance
Vient briller près de la beauté.

(*Deux domestiques du comte et du baron annoncent.*)

PREMIER DOMESTIQUE. M. le comte de Restaud.

SECOND DOMESTIQUE. M. le baron de Nucingen.

GORIOT. Ah! messieurs... recevez mes remerciemens...

LE COMTE. Du tout... mon cher monsieur Goriot, c'est nous qui sommes heureux.

LE BARON. Certainement, c'est nous qui sommes flattés... d'ailleurs, on le sait généralement. Si la finance est devenue une des premières classes de l'état.... les financiers ont tous conservé cette aménité, cette douceur et cette modestie qui les distinguent...

EUGÈNE, *à part.* En voici un qui m'a bien l'air d'épouser les écus du père Goriot.

GORIOT. Je vous demande pardon, monsieur le comte et monsieur le baron, de vous recevoir dans cette obscure demeure.

LE COMTE. Comment donc, cher beau-père... je vous jure que ça n'est pas mal... ça a de la couleur... on est bien ici... dans le commerce... c'est un homme honorable, messieurs, qu'un commerçant.

EUGÈNE, *à part.* Un commerçant qui donne des dots.

GORIOT. Permettez-moi de vous présenter mes voisins, mes amis... avec lesquels je me suis enrichi...

LE BARON. Messieurs, croyez à ma reconnaissance..... je ne saurais trop vous remercier d'avoir contribué la fortune de M. Goriot.

GORIOT, *transporté.* Mes filles serontelles heureuses avec ces deux hommes-là!

LE BARON. Soyez-en sûr, c'est un beau jour pour nous que celui-ci... cette prospérité... cette richesse due à l'industrie... je me suis laissé dire... que sous l'empire, je crois..... plusieurs banquiers avaient commencé comme vous, monsieur Goriot, la sacoche sur l'épaule.

GORIOT. Dam! oui..... j'en ai connu..... mais vous avez changé tout cela...

LE BARON. Ah! parbleu! je le crois bien.

AIR : *Vaudeville de la petite sœur.*

De nos hôtels, de nos palais,
S'il nous faut aller à la bourse,
Nous avons un cheval anglais,
Qui nous conduit au pas de course.
Il faut réussir à tout prix,
Quand la fortune nous invite;
Si nous courons en tilbury...

EUGÈNE, *au baron, en riant.*

C'est afin de verser plus vite.

LE BARON, *à Goriot, montrant Eugène.* Quel est ce monsieur?

GORIOT. C'est mon premier témoin..... (*Avec emphase.*) M. le chevalier de Rastignac.... Je devais avoir pour mon second M. le chevalier de Vautrin... mais il n'a pas pu venir... Voici mes filles...

FINAL.

Musique de M. Ch. Tolbecque.

CHŒUR.

Que de grâce! qu'elles sont belles! } (*bis.*)
Que leurs deux époux sont heureux! }
A leur devoir toujours fidèles,
Elles sauront combler leurs vœux! (*bis.*)

GORIOT, *ivre de bonheur.*

Voyez comme elles sont brillantes!

LE COMTE ET LE BARON.

Sur l'honneur elles sont charmantes!

GORIOT.

Les belles filles que voilà!
Et dire qu'à moi seul (*bis*), j'ai fait ces anges-là!

EUGÈNE, *à part.*

Malgré cette grâce divine,
Je leur préfère Victorine.

VICTORINE, *à part.*

Ce jeune homme me plairait mieux
Que ces deux maris orgueilleux.

GORIOT, *avec force.*

Mais, allons, allons, monsieur le notaire;
Prêtez, prêtez-nous votre ministère;
Monsieur le maire nous attend.
Allons, signons, c'est un heureux instant!

(*Chaque couple s'approche de la table et signe.*)

CHŒUR.

En ce jour le ciel récompense
Le travail et la probité!
Le noble éclat de la naissance
Vient briller près de la beauté!

LE BARON.

Eh bien! tout est signé,
Partons à l'instant même.

GORIOT.

Déjà me séparer de mes filles que j'aime.

CHŒUR.

Leur bonheur est extrême. (*bis.*)

GORIOT, *se plaçant entre les deux couples.*

Vous me quittez, mes filles adorées,
Un autre amour vous impose sa loi;
Par le bonheur vous êtes enivrées,
Regret, chagrin, tout doit être pour moi;
Mais je vais fuir ces lieux, où sans mélanges
Du vrai bonheur j'ai connu tout le prix...
(*Au comte et au baron.*)
Quand vous venez m'enlever mes deux anges,
Cette maison n'est plus mon paradis.

(Il embrasse ses filles.)

CHŒUR.

Quand vous venez enlever ses deux anges,
Cette maison n'est plus son paradis.
Que de grâce! qu'elles sont belles, etc.

(Delphine et Anastasie prennent la main de leurs maris; Goriot resté sur le devant, essuie une larme. Ses deux filles reviennent l'embrasser; et Victorine, qui reste isolée et pensive dans un coin du théâtre, reçoit un salut et un regard d'Eugène. Tableau.)

FIN DU PREMIER ACTE.

ACTE II.

Le théâtre représente un salon d'une pension bourgeoise.

SCÈNE PREMIÈRE.

Mme VAUQUER, Mlle MICHONNEAU, M. POIRET, SYLVIE, PENSIONNAIRES.

CHŒUR.

AIR : *Allons aux prés Saint-Gervais.*

Ah! le charmant déjeuner,
Et que cette table
Est aimable!
Maintenant jusqu'au dîner,
Il faut aller se promener.

Mlle MICHONNEAU. Eh bien!... où donc est M. Vautrin?... Est-ce qu'il nous quitte déjà, le bout-en-train de cette pension bourgeoise?

POIRET. Le satané farceur que ce garçon-là... Est-il amusant avec ses histoires de l'autre monde, et son vin de Champagne qu'il nous fait boire...

Mlle MICHONNEAU. Où prend-il l'argent pour tout ça?... je vous le demande.

Mme VAUQUER. Je ne sais pas où il le prend... mais tout ce que je sais... c'est qu'il me paie très-exactement... Par malheur, c'est lui qui m'a amené le père Goriot, qui me doit déjà trois mois.

Mlle MICHONNEAU. Si j'étais que de vous, je ne lui ferais plus de crédit, non plus qu'à sa petite mijaurée de Victorine. Car enfin vous ne connaissez pas ces gens-là; en vous les amenant, M. Vautrin ne vous a pas dit d'où ils venaient.

Mme VAUQUER. Oh! mon Dieu non; lui qui est si bavard, impossible de le faire jaser là-dessus; où a-t-il connu ce père Goriot?... un homme qui ne tient à rien; depuis près d'un an qu'il est ici, il n'a pas reçu une seule visite, et pourtant il faut qu'il ait été quelque chose, car j'ai découvert qu'il avait de l'argenterie dans son armoire.

Mlle MICHONNEAU. Oh! je sais bien pourquoi M. Vautrin a pris le père Goriot sous sa protection? c'est à cause de la petite Victorine.

Mme VAUQUER. Mais vous n'avez donc pas remarqué que mon jeune pensionnaire, M. de Rastignac...

POIRET. En v'là encore un qui ne m'a pas l'air d'un agent de change. Voulez-vous que je vous donne un bon conseil, ne faites pas de crédit.

Mme VAUQUER. C'est tout-à-fait mon intention; je suis lasse d'attendre... Si M. Goriot ne m'a pas payé entièrement aujourd'hui même, il sortira de chez moi.

Mlle MICHONNEAU. Taisons-nous... voilà M. Vautrin qui les protége.

SCÈNE II.

LES MÊMES, VAUTRIN, *entrant, un cigarre à la bouche et un gros bâton à la main.*

VAUTRIN. Entrez, messieurs, mesdames, entrez! c'est l'instant... c'est le moment... les habitués viennent de prendre leur nourriture.

Mlle MICHONNEAU. Eh bien! vous êtes encore poli... vous nous traitez comme des animaux... C'est de soi que monsieur parle apparemment.

VAUTRIN. Uniquement de soi... douce colombe... de la rue du Vieux-Colombier... Après ça... je ne vous classe pas dans le règne animal..... d'une façon désavantageuse... vous êtes la colombe de l'arche de Noé... vous datez du déluge, voilà tout.

Mlle MICHONNEAU. Si M. Poiret était un homme, il me ferait respecter.

VAUTRIN. Qui, Poiret... ici, Poiret!... (*Il le prend par la main.*) Personnage à demi pétrifié..... digérant toute espèce de ragoût... et particulièrement la blanquette de la maison!.... Délicieux sous le bonnet de coton, et en fait de domino, enfonçant le chien Munito.

Mlle MICHONNEAU. Allons, laissez-le tranquille, ce pauvre homme.

VAUTRIN. Quant aux autres carnivores de la maison...

Mme VAUQUER. Assez... assez... monsieur Vautrin... il ne faut fâcher personne.

(Vautrin fume auprès de Mlle Michonneau.)

Mlle MICHONNEAU. Pouah!.... voilà M. Vautrin avec son cigarre; si nous allions au jardin, sous les tilleuls.

VAUTRIN. C'est ça, douce colombe, allez chercher la branche d'olivier... sous les tilleuls; moi, je reste ici, car j'ai besoin d'un moment de tranquillité, la blanquette de Mme Vauquer m'étouffe.

(Tous rient.)

Mme VAUQUER. Mauvais plaisant!

CHŒUR.

Ah! le charmant déjeuner, etc.

(Ils sortent.)

SCENE III.

VAUTRIN, *seul, s'allongeant sur le canapé.*

Conçoit-on rien à la bêtise du père Goriot... qui va se dépouiller de tout son bien pour ses enfans; il a poussé la tendresse paternelle jusqu'à l'absurdité. Mais moi, ne suis-je pas plus stupide encore que lui; et toute mon expérience ne vient-elle pas d'échouer près de cette petite Victorine? Quand je pense que je tiens dans mes mains la destinée de cette enfant. Ah! si le père Goriot savait ce que je sais, et la petite, hier soir, qui refuse de m'épouser, elle m'a avoué qu'elle aimait M. Eugène de Rastignac... qui est venu se loger pour elle dans cette pension bourgeoise et manger par sentiment les fricassées de Mme Vauquer; en rival outragé, je pourrais bien chercher à m'en défaire par un duel régulier, car au pistolet ou à l'épée, je tue mon homme avec une délicatesse de procédé... mais je ne veux plus me brouiller avec la société.. Loin de me fâcher, je change mes batteries, et je commence sur un nouveau plan... Attention... le voici.

SCENE IV.

VAUTRIN, EUGÈNE.

EUGÈNE, *entrant.* Allons! impossible de rien obtenir pour M. Goriot. (*Apercevant Vautrin*). Ah! ah! monsieur Vautrin.

VAUTRIN. Vous n'avez pas déjeuné avec nous ce matin, mon jeune ami...

EUGÈNE. Non, monsieur... et vous avez sans doute gémi de mon absence...

VAUTRIN. Du persiflage!... il paraît que nous voulons faire joujou avec papa...

EUGÈNE. C'est possible, monsieur le chevalier... et puisque nous voilà seuls... je suis bien aise de trouver l'occasion de vous dire que vos assiduités auprès de Mlle Victorine me déplaisent...

VAUTRIN. Tiens... tiens... Eh bien! mais ce n'est pas mal ça... pour un petit bonhomme comme vous...

EUGÈNE, *s'avançant.* Monsieur...

VAUTRIN, *lui passant le bras devant la poitrine comme s'il allait lui donner un croc-en-jambe).* Prenez garde... vous allez vous faire mal... mon petit rageur, ça m'a tout l'air d'un duel improvisé... je connais ça... je vous aime trop pour accepter...

EUGÈNE. Vous reculez...

VAUTRIN, *le regardant d'un air de pitié.* Hum!... pauvre chou... voyons!... ne faites pas le méchant... et écoutez-moi, je ne vous veux pas de mal, je vous aime beaucoup, et je vais vous le prouver...

EUGÈNE, *à part.* Il y a chez cet homme quelque chose qui me force à l'écouter malgré moi. (*Haut.*) Parlez, monsieur.

VAUTRIN. Ce que j'ai à vous dire ou plutôt à vous proposer vous étonnera, vu ma situation présente et mon extérieur actuel... Ce que je suis, ça ne vous regarde pas... ce que je fais?... je fais ce que je veux... ma vie, c'est mon secret... j'ai eu des malheurs... voilà toute mon histoire... mais je vais vous montrer que je suis un bon garçon... Vous êtes venu à Paris pour y faire votre fortune... vous êtes jeune, et c'est pour ça que vous m'intéressez. A votre entrée dans le monde, vous avez vu briller une foule de choses... la justice des hommes... l'amour des femmes, un tas de colifichets... celui qui a inventé tout ça... n'était qu'un bijoutier en faux...

EUGÈNE. Cependant...

VAUTRIN. La société, mon cher... c'est la goutte d'eau en apparence pure et limpide; prenez un microscope, vous y voyez des monstres et toutes sortes de choses fantastiques ou invraisemblables, telles que les filles de M. Goriot qui, après six mois de ménage, ont chassé leur père de leur hôtel, et ne s'occupent pas plus de lui que d'une mode du mois passé.

EUGÈNE. Il n'est que trop vrai.

VAUTRIN. C'est donc pour vous dire que vous n'avez pas deux moyens de parvenir. Pour être avocat (car c'est là, je crois, votre projet), nous avons d'abord le Code à manger... ça n'est pas bon... puis c'est échauffant... j'ai passé par ce régime! et je n'ai pas pu m'y faire!... aussi je quittai l'étude d'un notaire où je végétais en province, pour m'élancer sur la grande route de la fortune, l'intrigue! Je trébuchai tout d'abord, mais ce fut la faute de mon inexpérience et non pas celle du principe... le principe, le voici : Pour faire son chemin, il faut marcher sur le corps de tous les autres hommes... élevez-vous par le mérite ou par le scandale, n'importe; faites vous grand, les hommes seront forcés de lever les yeux, alors vous serez admiré; restez petit, on vous écrasera!... vous voulez la fortune, il faut la saisir sans scrupule, c'est de l'ancienne orthographe... Je vous montrerai des femmes qui se promènent aux Tuileries, couvertes de plumes et de bijoux, tandis que leurs maris gagnent de petits appointemens dans les bureaux d'un ministère. Des employés à quinze cents francs, qui, le soir, jettent de l'or sur le tapis vert d'un salon; honneur, réputation, tout n'est qu'un trafic infernal; l'honnête homme, à Paris, n'est qu'un sot. De là une foule de pauvres diables qui, pendant quarante ans de leur vie, tournent comme des écureuils autour de la machine sociale et se retrouvent toujours au même point, la misère... Pour l'éviter, il faut se mettre au-dessus de tout, ainsi va le monde, le monde qui veut vivre!... le monde qui fait vivre!... Offrez à ce monde vos qualités, votre franchise, vos talens, vos vertus, il vous répondra : de l'or, monsieur, de l'or, avez-vous de l'or?... c'est précisément ce qui vous manque, et ce que je viens vous offrir.

EUGÈNE. Vous!...

VAUTRIN. Moi!... J'ai cinq cent mille francs à votre service! ils sont à vous si vous voulez m'en donner cent mille.

EUGÈNE. Monsieur Vautrin, cette plaisanterie!...

VAUTRIN. Rien n'est plus sérieux!... écoutez-moi : si j'étais plus jeune, plus aimable, je n'aurais peut-être pas besoin de vous! il s'agit ici de femmes, de sentimens... je ne m'en mêle plus; à vous le dé, à vous la partie!

EUGÈNE. Mais veuillez m'expliquer...

VAUTRIN. En deux mots, voici la position : ancien clerc de notaire, je suis initié aux secrets de bien des familles, et je connais en ce moment une jeune personne qui doit avoir six cent mille francs en mariage; je vous la fais épouser, et vous me donnez cent mille francs de la main à la main, vingt pour cent de commission, ce n'est pas cher.

EUGÈNE. Monsieur Vautrin, pour ma fortune, on ne me fera jamais faire une lâcheté.

VAUTRIN. Que vous êtes jeune!... c'est une femme de hasard, c'est vrai, mais c'est une fameuse occasion.

EUGÈNE. Jamais... Jusqu'à présent j'ai marché le front levé; vous écouter, ce serait m'y faire une tache!

VAUTRIN, *à part.* Pauvre innocent! si toutes les taches paraissaient au visage, je connais de braves gens qui auraient la figure toute noire. (*Haut.*). Enfin, vous refusez ma proposition.

EUGÈNE. Positivement !

VAUTRIN. Je vous donne huit jours pour réfléchir ; passé ce délai, j'en cherche un autre. En attendant, je vais au billard du Panthéon gagner mon mois de pension, qui échoit demain matin.

EUGÈNE, *riant*. Et vous m'offrez une dot de cinq cent mille francs !

VAUTRIN. Oh ! mon Dieu ! pas un centime de moins.

AIR : *Flon, flon, flon*, etc.

Réfléchissez
Et choisissez,
Un seul retard,
Il sera trop tard,
Oui, je vous aime au fond du cœur,
Et d'honneur
Je songe à votre bonheur.
De cette circonstance,
Profitez prudemment,
A vous, lorsque je pense.
J'crois que j' suis bon enfant.

EUGÈNE.

Je crois qu'il plaisante,
Car s'il avait aujourd'hui
Ce trésor qu'il vante,
Il le prendrait pour lui.

ENSEMBLE.

VAUTRIN.

Réfléchissez, etc.

EUGÈNE.

Je réfléchis,
Et je choisis, etc.

(*Vautrin sort en faisant le moulinet avec sa canne.*)

SCÈNE V.

EUGÈNE, *seul*.

Certainement, je n'accepterai pas une pareille offre..... j'ai de l'avenir, ma fortune, je la ferai..... plus tard..... mais au moins j'aimerai Victorine.... Tout ce que cet homme vient de me dire est resté là.... comme il traite le monde.... et chaque fois que j'aurais voulu le démentir... je sentais que la conduite des filles de M. Goriot venait lui donner raison... Tout à l'heure j'étais allé leur demander cet argent dont leur père a tant besoin, les supplier de venir le voir, et je n'ai pas pu parvenir jusqu'à elles... Le voici, que lui dire ?

SCÈNE VI.

EUGÈNE, GORIOT, VICTORINE.

VICTORINE. Comme vous marchez vite, mon bon ami !...

GORIOT. C'est que je suis impatient de voir ce bon monsieur Eugène... tu sais qu'il doit me donner des nouvelles de mes filles... Eh ! tiens !... justement le voilà... eh bien !... vous les avez vues.

EUGÈNE. Je suis fâché d'avoir une triste nouvelle à vous apprendre... mais je ne les ai pas rencontrées...

GORIOT. Vous ne les avez point vues.... donne-moi un siége, Victorine... ma promenade m'a fatigué !...

EUGÈNE. J'ai peine à me rendre compte de tant de négligence.

GORIOT. De la négligence !... ne m'ont-elles pas écrit régulièrement tous les mois les lettres les plus tendres... et des lettres affranchies... il est vrai que je leur ai donné deux millions pour ça...

EUGÈNE. Depuis six mois enfin, vous ne les avez pas revues, et leurs maris vous ont forcé de quitter leur hôtel.

GORIOT. C'est moi qui ai voulu m'en aller ; dam ! dans leur société, je ne brillais pas ; j'ignore les belles manières du monde ; les beaux appartemens, ça ne me va pas ; je glisse sur les parquets, je m'entortille dans les tapis, et puis je parle, comme disent mes filles, à faire trembler ; un homme qui vous lâche des pataquès dessus un canapé. D'ailleurs, si mes filles ne viennent pas me voir, ce n'est pas étonnant, on les désire partout ; et puis elles savent que je n'ai besoin de rien.

VICTORINE. Cependant, nous devons trois mois à Mme Vauquer.

GORIOT. Oui, c'est vrai, nous devons trois mois à Mme Vauquer, et puis nous avons pris un peu par anticipation sur nos petites rentes, mais...

AIR *de l'Artiste*.

N'ayant rien dans ma bourse
Pour payer ces trois mois,
En avant la ressource
Qui me sert quelquefois...
S'en priver, c'est folie
Dans un besoin urgent,
J'ai de l'argenterie, } (*bis.*)
C'est toujours de l'argent, }

EUGÈNE. Quoi !... vous voulez...

GORIOT. J'ai encore une douzaine de

couverts... J'y tenais à ceux-là... car ils sont marqués au chiffre de ma pauvre femme... de la mère de mes deux anges... Vous qui me rendez tant de services, monsieur Eugène... voudriez-vous bien encore vous charger d'aller vendre cette argenterie.

EUGÈNE. Je suis fâché que vous soyez forcé d'en venir là.

GORIOT. Bah! bah! un potage est aussi bon avec une cuillère d'étain ou de métal d'Alger; attendez-moi, je reviens dans une minute.

EUGÈNE. Je suis tout à vos ordres, monsieur Goriot; je ne songe qu'à vous, moi.

GORIOT. Vous êtes bien aimable.

(*Fredonnant.*)

J'ai de l'argenterie,
C'est toujours de l'argent. } (*bis.*)

(*Il entre dans sa chambre.*)

SCÈNE VII.

EUGÈNE, VICTORINE.

VICTORINE. L'excellent homme! il prend tout gaîment... comment ses filles peuvent-elles le négliger? Oh! moi, quelle que soit ma destinée, je ne m'en séparerai jamais.

EUGÈNE. Vous savez bien, chère Victorine, que mon sort sera le vôtre; bientôt j'espère qu'il va changer. Jusqu'à présent mon père dont la fortune est modique, obligé de soutenir son titre de baron dans une petite ville de province, n'a pu que me fournir une faible pension..... mais en pensant à vous, je travaillerai, je deviendrai riche, nous prendrons avec nous ce bon M. Goriot, et nous lui ferons oublier l'ingratitude de ses filles.

AIR : *Attends-moi, petite.* (Farinelli.)

TOUS DEUX.

O douce espérance!
Heureux avenir!
Tout mon cœur d'avance
S'émeut de plaisir...

EUGÈNE.

Donner à ce bon père;
Un avenir prospère,
Est ma première loi.

VICTORINE.

C'est le premier bonheur pour moi.

TOUS DEUX.

O douce espérance, etc.

VICTORINE. Silence!.. le voici..

(Eugène baise la main de Victorine.)

SCENE VIII.

LES MÊMES, GORIOT, *avec un paquet.*

GORIOT, *à part.* Ce bon jeune homme qui ne pense qu'à moi! (*A Eugène.*) Tenez, la voilà cette argenterie; c'est un crève-cœur pour moi, il me semble que je me sépare encore une fois de ma pauvre défunte; mais puisqu'il le faut...

EUGÈNE. Je serai bientôt de retour, car il est urgent de vous débarrasser de votre hôtesse, son avarice....

GORIOT. Dam! chacun a besoin de son argent. Mille pardons encore, mon bon monsieur Eugène; savez-vous que c'est très-beau, à votre âge, de vouloir être l'ami d'un vieillard! oh! que n'êtes-vous mon gendre, vous!

EUGÈNE, *à part.* Merci de la préférence; elles sont aimables ses filles.

(Eugène fait un geste gracieux à Victorine, et après avoir serré la main à Goriot, il sort. Musique douce et peignant le sommeil.)

SCÈNE IX.

GORIOT, VICTORINE.

GORIOT. Victorine... il me semble que je dormirais un peu là, dans le grand fauteuil...

VICTORINE. Vous le pouvez sans crainte.. les pensionnaires sont tous dans leur chambre... et Mme Vauquer est sortie... vous savez d'ailleurs qu'elle est toujours dans la cuisine, elle en fait son salon.

(Elle approche le fauteuil.)

GORIOT. Merci... une petite heure de sommeil avant le dîner me fera du bien... Je rêverai peut-être de mes enfans.... (*Il se place dans le fauteuil...*) Ah! je suis bien là...

(La musique cesse. Sylvie entre.)

SCENE X.

LES MÊMES, SYLVIE.

SYLVIE. Monsieur Goriot!.. monsieur Goriot!.

GORIOT. Que me veut-on?..

SYLVIE. Une grande dame, qui vous appelle mon père... demande à vous parler...

GORIOT. Ma fille!.. ma fille... est-ce Delphine?.. est-ce Anastasie?.. ah! n'importe laquelle, je suis le plus heureux des hommes. Laisse-nous, je t'en prie, Victorine...

SYLVIE, *à part*. M. le père Goriot qui a pour fille une dame en voiture... quelle nouvelle pour la maison et le quartier!... (*à la cantonnade*.) Par ici, par ici!

(Victorine sort; Sylvie sort ensuite.)

SCÈNE XI.

GORIOT, DELPHINE.

GORIOT. C'est Delphine... j'étais sûr qu'elle m'aimait mieux que sa sœur.

DELPHINE, *entrant*. Mon père!.. mon bon père!..

GORIOT. Ma fille... ma Delphine... je savais bien que tu viendrais.

DELPHINE. Oh! mon père, si vous ne m'avez pas revue plus tôt... n'en n'accusez que mon mari... c'est un homme affreux...

GORIOT. Tu ne serais pas heureuse?...

DELPHINE. Heureuse, moi!... je suis la plus malheureuse des femmes.

GORIOT. Ah! mon Dieu!... et moi qui te croyais si contente avec ton baron!

DELPHINE. C'est le plus avare des hommes... il me laisse manquer de tout... sous le prétexte que ses affaires vont très-mal... et que toute ma fortune est engagée dans ses spéculations....

GORIOT. Comment... ai-je bien entendu? ta fortune compromise! Ah! Delphine, toi, mon orgueil... ma fille, ma beauté... au moment d'éprouver les plus affreuses privations, après avoir connu l'opulence... les plaisirs... scélérat de banquier... est-ce que je t'ai donné mes écus pour ça?

DELPHINE. Calmez-vous, mon bon père... les choses n'en sont pas venues à cette extrémité... et tout s'arrangera peut-être... mais pour le moment je suis la femme la plus à plaindre... et je suis venue vous confier mon profond chagrin.

GORIOT. Viens!.. tiens, assieds-toi là... et conte-moi tes peines... (*Il lui avance le grand fauteuil.*) Qu'est-ce qu'on t'a fait?...

DELPHINE. Le croiriez-vous, mon père, moi, votre fille... moi, riche d'un million....

GORIOT. Que j'ai payé comptant, en bons écus de six livres...

DELPHINE. Eh bien!... on me refuse une robe lamée pour aller au bal de l'ambassadeur d'Autriche...

GORIOT. On te refuse une robe lamée...

DELPHINE. Du prix de cent écus tout au plus.

GORIOT. Cent écus... gredin de banquier.

DELPHINE. Et si je n'ai pas cette robe... je suis déshonorée.... perdue de réputation..... car ma sœur y sera à ce bal, avec une parure foudroyante.

GORIOT. Elle en est bien capable...

DELPHINE, *se levant*. Elle m'éclipsera et j'en mourrai de chagrin.

GORIOT. Ça me paraît naturel... il ne faut pas que ma Delphine soit éclipsée par ma Nasie.. mais conçoit-on cet animal de baron qui refuse une robe de cent écus à ma fille?

DELPHINE. Je n'ai d'espoir qu'en vous, mon bon père, et je suis venue vous prier de me sauver la vie, en me donnant ce que mon mari me refuse...

GORIOT. Tu as bien fait de compter sur moi..tout ce que j'ai t'appartient. (*A part.*) Ça me fait penser que je n'ai plus rien.

DELPHINE. Ma sœur est bien heureuse, son mari lui accorde tout ce qu'elle désire... et elle n'est pas forcée de venir importuner son père.

GORIOT. Toi, m'importuner!... oh! ne répète pas ce vilain mot... si j'ai un regret, c'est que ton mari ne soit pas comme celui de ta sœur... elle est si heureuse, elle!...

SCENE XII.

LES MÊMES, SYLVIE.

SYLVIE, *accourant*. Père Goriot... père Goriot....

GORIOT. Non, non, je suis avec ma fille?...

SYLVIE. Ah ça! vous en avez donc un régiment de filles... en v'là encore une qui descend d'une voiture deux fois plus belle que l'autre, tout l'monde est rassemblé dans not' rue Sainte-Geneviève... on n'avait jamais rien vu de si beau...

GORIOT. Ah! mon Dieu!.. c'est Anastasie.

SYLVIE. Oui... c'est le nom qu'elle a dit... la comtesse Anastasie de Restaud...

DELPHINE. Ma sœur !

GORIOT. Faites-la entrer.... (*A part.*) Pourvu qu'elle ne vienne pas me demander aussi une robe lamée.

DELPHINE. Ma sœur... je ne voudrais pas la voir en ce moment... nous sommes brouillées...

GORIOT. En vérité... comment fâchées, mes deux chéries !... Entre dans ma chambre... mais je te préviens que vous ne sortirez pas d'ici sans vous êtres réconciliées dans mes bras.

SYLVIE, *à la cantonnade*. Par ici, madame la comtesse de Réchaud... v'là monseigneur Goriot, vot' père...

(Elle sort.)

SCÈNE XIII.

GORIOT, ANASTASIE.

GORIOT. Anastasie !...
ANASTASIE. Mon père...
GORIOT. Comme te voilà changée...

ANASTASIE. Je suis la plus malheureuse des femmes..

GORIOT, *étourdi*. Hein !.... comment.... toi aussi...

ANASTASIE. Ah ! mon père !..... si vous ne venez pas à mon secours, je suis perdue.

GORIOT. Perdue !... mon Dieu ?... c'est donc mon dernier jour... Ah ça ! voyons... perdue... perdue... est-ce que ton mari te refuse une robe de bal ?..

ANASTASIE. Mon mari !... c'est le meilleur des hommes, mon père... et moi je suis la plus coupable des femmes.

(Elle se met à genoux.)

GORIOT, *la relevant*. Veux-tu bien finir ?.. c'est moi qui devrais t'écouter à genoux... ma fille, une comtesse, aux pieds d'un marchand de vermicelle, quel anachronisme... parle... qu'est-ce qu'on t'a fait aussi à toi ?

ANASTASIE. Comme je vous le disais, mon mari est le meilleur des hommes.

GORIOT. C'est ce qui te rend malheureuse...

ANASTASIE. Oui..... car je suis au moment de perdre son amour... son estime... je l'ai trompé...

GORIOT. Trompé !.... trompé !.... comment...

ANASTASIE. En contractant des dettes à son insu.

GORIOT, *prenant vivement une prise de tabac*. S'il en est quitte pour de l'argent... je lui ai fourni les moyens de réparer cela... explique-toi plus catégoriquement.

ANASTASIE. Ecoutez-moi, mon bon père : vous savez que mon mari a fait d'assez brillantes affaires à la bourse ; moi, j'ai voulu suivre son exemple, et pour doubler la petite pension qu'il me fait pour ma toilette, j'ai joué aussi.

GORIOT. Eh bien ! quel mal y a-t-il là ? tu voulais t'enrichir ; tu es bien la fille de ton père.

ANASTASIE. Oui ; mais voyez un peu le malheur, tandis que mon mari gagnait d'un côté, moi je perdais de l'autre.

GORIOT. Comment se fait-il ?

ANASTASIE. C'est que je jouais à la hausse.

GORIOT. Et que lui jouait à la baisse ; c'est comme ça dans beaucoup de ménages ; enfin tu as perdu...

ANASTASIE. Vingt mille francs, mon père !

GORIOT. Vingt mille francs !

ANASTASIE. Vous sentez que je ne pouvais m'adresser à mon mari, et j'ai eu recours à mes diamans.

GORIOT, *à part*. Comme moi à mon argenterie.

ANASTASIE. Ce moyen m'a tiré sur-le-champ d'embarras.

GORIOT. Eh bien ?...

ANASTASIE. Oui, mais pour me jeter dans un autre ; l'ambassadeur d'Autriche donne ce soir un bal magnifique auquel je suis invitée, et mon mari, qui a de grands projets d'ambition, veut absolument que j'y paraisse avec tous les diamans qu'il m'a donnés ; jugez de mon désespoir ces diamans, je ne les ai plus, et si M. le comte ne me les voit pas, il voudra savoir ce qu'ils sont devenus ; il ne croira jamais que j'ai perdu cet argent à la bourse, et comme il est très-jaloux, surtout de M. Maxime, son cousin, il pensera peut-être que c'est à lui que j'ai sacrifié mes diamans, et dans sa colère il est capable de me tuer.

GORIOT, *avec violence*. Te tuer !.... toi, ma fille, ma Nasie ! s'il faisait tomber un seul cheveu de ta tête, il ne mourrait que de ma main !

ANASTASIE. Sauvez-moi, mon père, sauvez-moi !

GORIOT. Où veux-tu que je trouve vingt mille francs ?...

ANASTASIE. Je me disais en venant : Si mon père pouvait me prêter ces vingt mille francs, je paraîtrais au bal avec mes diamans, et après-demain, en les remettant en gage, je lui rendrais fidèlement la somme.

GORIOT. Et dire que je ne les ai pas ; dire que je ne puis pas obliger ma fille adorée, faute de vingt misérables mille francs.

ANASTASIE. Croiriez-vous, mon père, que ma sœur a refusé de me prêter cette modique somme...

GORIOT. Ta sœur!.. parbleu, ça ne m'étonne pas... son mari est un avare, qui la laisse manquer de tout...

ANASTASIE. Lui!... M. de Nucingen un avare... le mari le plus complaisant de Paris... où pourtant il y en a tant... on vous a trompé, mon père... en voulez-vous la preuve?... écoutez l'aventure que je vais vous dire...

SCENE XIV.

LES MÊMES, DELPHINE.

DELPHINE, *paraissant vivement.* On voit bien que ma chère sœur s'imagine être la seule femme qui ait des aventures à raconter.

ANASTASIE, *à part.* Elle était ici. (*Haut.*) Ma sœur, il se peut que je me sois trompée; mais j'avais cru remarquer...

DELPHINE. Vous êtes dans l'erreur..... c'est comme moi qui aurais juré que vous aviez encore vos diamans cette nuit à mon bal...

ANASTASIE, *à part.* Elle a tout entendu.

GORIOT. Eh bien!... qu'est-ce que cela prouve... que vous vous trompiez toutes les deux... qu'est-ce qui ne se trompe pas dans le monde?... moi, tout le premier qui croyais que mes filles ne songeaient plus à moi!..... Mais je sais que vous vous boudez, mes anges, et je ne veux pas de ça ; embrassez-vous bien vite.

TOUTES DEUX. Mon père...

GORIOT. Oh! je le veux, je l'exige.

(Elles s'embrassent.)

SCÈNE XV.

LES MÊMES, EUGÈNE.

EUGÈNE. Monsieur Goriot... (*A part.*) Que vois-je?

GORIOT. Mes filles, mon ami, mes filles? et je suis le plus heureux des pères! (*A ses filles.*) Entrez dans ma chambre, je dois vous tirer d'embarras. (*Elles sortent... à Eugène.*) Eh bien! vous disiez qu'elles ne viendraient pas.

EUGÈNE. Voici la somme en or.

GORIOT. Merci, mon cher ami.

(Il sort.)

SCENE XVI.

EUGÈNE, Mme VAUQUER, M. POIRET, VICTORINE, SYLVIE, PENSIONNAIRES, *puis* VAUTRIN.

CHŒUR *à voix basse.*

AIR *de l'Idiote.* (Premier chœur.)

Les voilà, (*bis*) } (*bis.*)
Ses filles sont là }
Quelles belles parures!
Quelles nobles tournures!
Avec ça des voitures,
C'est vraiment (*bis.*) } (*bis.*)
Un homme étonnant. }

Mme VAUQUER, *à Vautrin qui entre.* Eh! arrivez donc, monsieur Vautrin, arrivez donc... vous ne m'aviez pas dit que M. Goriot avait des filles armoriées.

VAUTRIN. C'est ça, vous lui auriez fait payer sa pension le double.. Tenez, hôtesse intéressante autant qu'intéressée... voici mon mois... il m'a suffi d'une poule... et d'un dindon que j'ai plumé.

Mme VAUQUER. Silence.... voici M. Goriot...

POIRET. Il sort avec ses filles...

REPRISE DU CHŒUR.

Le voilà, etc.

SCÈNE XVII.

LES MÊMES, DELPHINE, GORIOT, ANASTASIE, *sortant de la chambre de Goriot, et s'éloignant par le fond.*

POIRET. Chut! le voici qui revient...

GORIOT, *revenant.* Ah! je suis heureux!... je suis heureux. (*Mme Vauquer, Mlle Michonneau et M. Poiret lui font des courbettes.*) Bonjour, bonjour, mes amis!... Ah! monsieur Vautrin... elles sont venues... je les ai vues...

VAUTRIN. Ah! ah! c'est qu'elles avaient besoin de quelque chose...

GORIOT. Oui ; elles avaient besoin d'une robe lamée.

Mme VAUQUER. Besoin d'une robe lamée... ah ça ! monsieur, et votre pension...

GORIOT. C'est juste... nous en parlerons; aujourd'hui, je suis trop heureux pour m'occuper de vous, je suis tout à mes filles ; elles étaient là, tout à l'heure, après six mois.

VAUTRIN, *à part.* Quelle idée ! (*Bas à Mme Vauquer.*) Faites-vous payer à l'instant même, ou je ne vous réponds de rien.

Mme VAUQUER. Certainement. (*A Goriot.*) Monsieur, je ne peux plus attendre, vous avez de l'argenterie... vendez-la, et payez-moi.

GORIOT. Mon argenterie... elle est bien loin si elle court toujours.

VAUTRIN. Oh ! je vois ce que c'est... elle est allée au bal, l'argenterie, en robe lamée, elle va danser le galop. (*Bas à Mme Vauquer.*) Et son contrat de rente.

Mme VAUQUER. Alors, monsieur, vous avez un contrat de rente, faites-vous de l'argent.

GORIOT. Mon contrat de rente... je l'ai prêté à ma fille aînée, mon autre ange.

EUGÈNE *et* VICTORINE. Grand Dieu !

Mme VAUQUER. Puisque vous ne pouvez pas me payer, vous sortirez de chez moi, avec mademoiselle, aujourd'hui.

GORIOT. Aujourd'hui.... à l'instant même ; j'ai revu mes filles, ça m'est égal.... viens, Victorine.

VICTORINE. Mais, où voulez-vous aller?

GORIOT. Qu'importe ! partout où j'irai mes enfans viendront me voir..... Je vais faire mon paquet.

VAUTRIN. Ne laissez rien sortir.

Mme VAUQUER. Du tout, monsieur, je garde vos effets.

GORIOT. Eh bien ! alors, Victorine, va me chercher ma canne et mon chapeau ; car je présume que madame Vauquer ne veut pas garder ma canne et mon chapeau.

VAUTRIN, *bas à Eugène.* Monsieur de Rastignac, voyez l'état d'abandon, de misère où se trouve réduit ce vieillard respectable ; dites un mot, un seul mot, et dans une heure vous êtes riche de quatre cent mille francs.

EUGÈNE. Non, non, jamais ; je veillerai, je travaillerai pour lui.

VAUTRIN. Vous n'êtes qu'un égoïste.

EUGÈNE. Je garde mon honneur, monsieur.

VAUTRIN. Et moi, je garde mon secret.

FINAL.

Musique de M. Charles Tolbecque.

EUGÈNE *et* VICTORINE, *à Goriot.*

Venez... quand le sort vous accable !...
C'est nous qui soutiendrons vos pas.

CHŒUR.

Allez ! un sort plus favorable
Un jour vous attend dans nos bras.

GORIOT.

J'ai revu mes filles chéries,
Il n'est plus de malheur pour moi.

VAUTRIN.

Ah ! profitons de ses folies.

GORIOT.

Ah ! je suis plus heureux qu'un roi.

CHŒUR.

Par { tes / tons } quand le sort { vous / nous } accable
C'est { vous / nous } qui soutien{ dres / drons }
Allez, allez, ils soutiendront
{ mes / ses / vos } pas.
{ Venez, / Allez, } un sort plus favorable
Un jour vous attend dans { leurs / nos } bras.

(Tableau.)

FIN DU DEUXIÈME ACTE.

ACTE III.

Le théâtre représente le jardin d'une maison de santé. A gauche du spectateur, un pavillon, dont la fenêtre fait face au public.

SCÈNE PREMIÈRE.

VICTORINE, *seule.*

(Au lever du rideau, elle est assise et travaille; bientôt elle se lève et va écouter à la porte du pavillon.)

M. Goriot dort encore!... profitons de ce moment pour achever mon ouvrage, c'est un plaisir pour moi.... Ce bon monsieur Goriot, avec quelle satisfaction je travaille pour lui?

AIR *d'Aristippe.*

Quand il était dans l'opulence
Auprès de lui je ne manquais de rien;
Le soulager dans l'indigence
Ce n'est pour moi que lui rendre son bien,
Oui je ne fais que lui rendre son bien.
Comme jadis avec tendresse
Moi je me plais à le servir;
Ses filles ont pris la richesse,
Et j'ai gardé tout le plaisir,
Oui, j'ai gardé tout le plaisir.

Hélas!... pourquoi faut-il que sa raison nous donne de si vives inquiétudes?... depuis quelques jours..... il est parfois d'une gaîté qui fait mal.... ou d'une tristeste si profonde!... Pauvre père!... je crois qu'il est éveillé. (*Elle va écouter.*) Non.... il rêve toujours à ses filles... sans doute elles n'oublieront pas que c'est aujourd'hui la fête de leur père...... J'y ai songé, moi... et nos bouquets sont là, qui n'attendent que son réveil..... Ah! voici M. Eugène.

SCENE II.

VICTORINE, EUGÈNE.

EUGÈNE. Bonjour, ma chère Victorine... bonjour, mon amie....

VICTORINE. Quel air triomphant vous avez ce matin!

EUGÈNE. C'est que je vous apporte d'excellentes nouvelles!... Vos peines sont finies... plus de travail de nuit..... plus d'inquiétudes pour ce bon M. Goriot.... Le comte de Restaud, son gendre, entend la raison.

VICTORINE. Vous l'avez vu?....

EUGÈNE. Ce matin....

VICTORINE. Il vous a reçu?

EUGÈNE. Je l'ai attendu aux portes de son hôtel, au moment où sa voiture en sortait.... J'ai fait signe au cocher d'arrêter, et je me suis présenté à la portière; il m'a reconnu.... il a pâli... « C'est encore vous, monsieur, m'a-t-il dit avec hauteur?..... — C'est encore moi, monsieur, lui ai-je répondu avec assurance, et ce sera toujours moi, tant que vous n'aurez pas réparé la plus atroce injustice; vous pouvez me faire fermer les portes de votre hôtel, mais la rue appartient à tout le monde; et dussiez-vous ordonner à votre cocher de me passer sur le corps, je vous forcerai de m'entendre. — Mais enfin, que voulez-vous? — Du pain pour votre père, me suis-je écrié! — Plus bas, dit-il alors..... et montez dans ma voiture. » Je ne me le fais pas dire deux fois; je me place à côté de lui, et là.... je lui parle avec cette éloquence que l'on n'a peut-être qu'une fois dans sa vie... « Monsieur le comte, vous ne pouvez pas souffrir plus long-tems qu'une pauvre fille travaille nuit et jour pour nourrir votre beau-père... pour lui donner un asile..... des vêtemens; je pourrais en appeler à la loi.... j'en appelle à votre cœur, à votre ame! Songez que si Victorine, déjà faible et souffrante, vient à lui manquer.... ce malheureux vieillard, qui vous a donné deux millions, n'aura plus que la charité publique...... — Arrêtez, monsieur, s'est-il écrié.... j'ignorais que M. Goriot fût réduit à cette horrible extrémité.... je vais m'occuper de son sort.... J'allais chez le ministre....... mais je me rends en toute hâte chez mon beau-frère, pour me concerter avec lui..... Courez porter cette heureuse nouvelle à M. Goriot, et renouvelez-lui mes profonds respects, je vous prie..... » Alors je descends de la voiture... je monte dans le tricycle, et me voilà.... Je suis d'une joie...

VICTORINE. Mais pourquoi lui avoir parlé de moi!.... nous avions fait croire à M. Goriot que ses filles, qu'il ne voit plus depuis qu'elles lui ont emporté les derniers débris de sa fortune, lui faisaient parvenir tout ce qui lui était nécessaire... Ce secret était entre nous deux... jugez quel nouveau chagrin pour ce pauvre père, si par quelque indiscrétion... il venait à savoir....

EUGÈNE. Soyez tranquille.... elles ne se vanteront pas de ce que vous avez fait pour lui..... Ainsi, vous le voyez, notre avenir va changer, et alors vous ne refuserez plus de devenir ma femme.

VICTORINE. Nous songerons à cela quand notre vieil ami pourra se passer de nous.

EUGÈNE. Je vous comprends... vous craignez de vous placer dans une fausse position, parce qu'une fois mariés on peut se trouver entre des gens qui finissent et des gens qui commencent.

VICTORINE. Je ne vous comprends pas...

EUGÈNE. Suivez bien ma pensée.

AIR : *Soldat français*, etc.

Il faut alors partager son plaisir,
Mais comprenez la différence...
Un vieillard... c'est le souvenir,
Un jeune enfant... c'est l'espérance !...
Or, si l'hymen vient nous unir
A l'objet de notre constance,
Comment occuper son loisir
Des soins qu'on doit au souvenir,
Quand il faut bercer l'espérance !...

(*Sonnette.*) Qui nous vient là ?... C'est Vautrin ; il a découvert notre asile.

SCÈNE III.

LES MÊMES, VAUTRIN.

VAUTRIN, *s'arrêtant au milieu du théâtre.* Eh bien, excusez... vous êtes gentils! vous partez sans laisser votre adresse.... et voilà trois grands mois que je vous cherche.... Je vas chez les filles du père Goriot, impossible de les voir... Comme j'allais leur parler de leur père, on ne me reçoit pas ; enfin, si je ne m'étais pas souvenu de M. Richard, le notaire, je serais encore à battre le pavé.

EUGÈNE. Que nous voulez-vous, monsieur?...

VAUTRIN. Ce que je veux...... je viens voir si j'obtiendrai votre dernier mot sur l'affaire en question .. attendu, mon chérubin, que si vous n'avez pas changé d'opinion à cet égard, je vous ai trouvé un remplaçant.

VICTORINE. Un remplaçant.

VAUTRIN. Un joli petit homme de vingt ans, tout blond, tout rose... un être idéal, possédant toutes les qualités... de la première force au billard, et qui vous emportera le cœur d'une femme comme je fais un carambolage ou un bloqué... avec lui mon affaire est sûre.... parce que les femmes... on connait ça.. mais, malgré votre ingratitude, j'ai voulu vous donner la préférence.... Décidez-vous, ou je lâche le blondin.

EUGÈNE. Eh! monsieur, me poursuivrez-vous sans cesse avec cette extravagance ?

VAUTRIN. Extravagance.... merci..... cherchez monsieur pendant trois mois pour qu'il vous dise des politesses... mais j'en fais juge notre Victorine, je dis notre, parce qu'elle m'appartient bien aussi à moi... qui l'ai ramassée... je ne vous dirai pas où... et qui l'ai placée chez le père Goriot quand j'aurais pu me l'élever, pour faire les délices de mes cheveux blancs.

VICTORINE. Monsieur, mon cœur gardera une éternelle reconnaissance de ce que vous avez fait pour moi, en me plaçant chez M. Goriot.

VAUTRIN. Une reconnaissance éternelle... je ne vous en demande pas tant... aidez-moi seulement à prouver à M. de Rastignac qu'il a tort de refuser une femme que je lui offre... jeune... jolie... cinq cent mille francs comptant de dot... et des vertus de la même valeur.

VICTORINE. Comment, monsieur Eugène, vous auriez refusé pour moi ?

EUGÈNE. Ah! pour vous, Victorine, je refuserais un empire, surtout aux conditions de monsieur... mais je n'ai point ici ce mérite... je n'ai jamais cru que le langage de M. Vautrin fût sérieux.

VAUTRIN. Voilà ce que c'est que d'avoir du génie... on n'est pas compris... comme si des gens de ma trempe avaient besoin de mentir. Si je voulais vous convaincre, il suffirait d'un mot.

EUGÈNE. Quel est-il? Voici M. Goriot.

VAUTRIN. Pauvre chat... attendez que je vous le dise.

VICTORINE. Monsieur Vautrin, laissons cette plaisanterie. (*A Eugène.*) N'oublions pas que c'est aujourd'hui sa fête... voici nos bouquets.

(Elle prend les bouquets qui sont sur un banc ; le père Goriot, pendant ce tems, sort du pavillon.)

SCENE IV.

Les Mêmes, GORIOT.

GORIOT. Bonjour, mes amis... bonjour... j'ai dormi tard ce matin... mais je n'en suis pas fâché... car j'ai fait des rêves! oh! mais des rêves!

EUGÈNE, *lui donnant son bouquet*. Aviez-vous rêvé celui-ci.

GORIOT. Ah!

VICTORINE, *de même*. Et celui-là?

GORIOT. Oh!

VAUTRIN. Et cet autre?

(Il tire un énorme bouquet de son chapeau.)

GORIOT. Quel est ce monsieur?

VAUTRIN. Eh quoi! vous ne me reconnaissez pas, papa Goriot; c'est Vautrin.

GORIOT. Ah! c'est monsieur le chevalier de Vautrin; merci, merci, vous ne m'avez pas oublié, vous; mais pourquoi ces bouquets?...

VICTORINE. N'est-ce donc pas aujourd'hui la Saint-Victor.

VAUTRIN. Oui... c'est la Saint-Victor... avec une bouteille de Cognac... oh! vieux patriarche, je vous donne ma bénédiction. Vive le père Goriot... et là-dessus je vous réitère à tous les trois mon salut amical... et je vais m'occuper de mes affaires. (*Bas à Eugène.*) Vous savez ce que je veux dire, je reviendrai chercher votre réponse dans une heure, je ne vous dis que ça.

(Il sort en faisant le moulinet avec sa canne.)

SCÈNE V.

EUGÈNE, GORIOT, VICTORINE.

GORIOT. C'est aujourd'hui ma fête... et mes filles ne sont pas là...

VICTORINE. Elles viendront mon ami... elles viendront, j'en suis sûre.

EUGÈNE, *à part*. Je n'en crois rien.

GORIOT. Oui, oui, elles viendront, mes chéries ne peuvent pas oublier la fête de leur père, elles n'y ont jamais manqué depuis leur enfance, excepté l'année dernière; je n'y songeais plus, moi, car, depuis quelques jours, j'ai un grand projet dans la tête.

VICTORINE. Un grand projet!

EUGÈNE. Et lequel?

GORIOT, *avec un air d'égarement*. Je vais refaire ma fortune, amasser encore des millions... pour elles... pour vous... pour moi.

(Il reste la bouche béante et comme très-satisfait de ce qu'il vient de dire.)

EUGÈNE, *bas à Victorine*. Le voilà retombé dans ces absences qui nous affligent si souvent.

VICTORINE. Il me semblait mieux depuis quelques jours.

GORIOT. Mes amis, je n'ai pas de secret pour vous, il faut que je vous dise ce que j'ai fait, j'ai écrit au roi.

EUGÈNE ET VICTORINE. Au roi!

GORIOT, *tirant un papier de sa poche*. Au roi... écoutez: (*Il lit.*) « Monseigneur,
» Victor Goriot, beau-père de M. le comte
» de Restaud et beau-père de M. le baron
» de Nucingen, a l'honneur de deman-
» der à Votre Majesté la croix d'honneur,
» comme ancien envoyé... auprès de la
» république de Gênes, et de plus il solli-
» cite de votre justice, étant au moment
» de reprendre son commerce, le titre de
» vermicellier du roi.

VICTORINE. Ah! mon Dieu!

GORIOT, *continuant de lire*. « Ce faisant,
» Sire, vous comblerez les vœux d'un hon-
» nête homme et de ses gendres, le comte
» de Restaud... et le baron de Nucingen,
» qui seront bien aises de voir leur beau-
» père décoré... J'ai l'honneur de vous
» saluer avec considération, Sire. Signé
» Goriot, ancien ambassadeur et vermi-
» cellier de la république française une
» et indivisible... »

EUGÈNE, *à part*. Pauvre ami!

GORIOT. Hein!... qu'en dites-vous?

EUGÈNE, *à Victorine*. Heureusement le placet n'arrivera pas à son adresse.

GORIOT. Il est parti... le placet!... hier, quand vous n'étiez pas là... l'infirmier de la maison de santé me l'a copié... en lettres moulées, et il l'a mis à la poste.

VICTORINE, *à part*. Oh!... j'ai le cœur navré.

GORIOT. Ainsi, plus de chagrins! le comte et le baron ne rougiront plus de leur beau-père. Je vais être chevalier... et dans cinq ans je suis capable... de donner encore un million à chacune de mes filles! oui, oui, je veux travailler... c'est si dur pour un père d'être à charge à ses enfans... ce que mes filles m'envoyent... elles le retranchent de leur plaisir... je ne veux point de ça... c'est à moi de leur donner des robes d'argent et même des robes d'or... si elles en ont envie. Je travaillerai... je travaillerai... (*Avec bonhomie.*) Je vais mettre la main à la pâte, tout de suite. (*On sonne à la porte extérieure.*) Ah! ah! je suis sûr que ce sont mes filles...

VICTORINE, *qui est allée au fond.* C'est M. le comte de Restaud.

EUGÈNE. Ah!... il m'a tenu parole...

GORIOT. Le comte de Restaud, je ne veux pas le voir... je ne suis pas encore décoré.

(Il rentre dans le pavillon.)

SCÈNE VI.

VICTORINE, LE COMTE, EUGÈNE.

LE COMTE. Ah! monsieur, je suis bien aise de vous retrouver ici, je vous salue, mademoiselle.

VICTORINE, *à part.* Quel regard dédaigneux!..

EUGÈNE, *avec noblesse.* Cette démarche, monsieur le comte, me réconcilie entièrement avec vous.

LE COMTE. J'ai rempli ma promesse, mais vous ne m'aviez pas appris que M. Goriot eût entièrement perdu la raison.

EUGÈNE. Qui vous a dit?

LE COMTE. Eh! morbleu!... il l'a prouvé par le plus grand acte de folie... est-ce vous, monsieur, qui lui avez dicté ce placet?..

(Il lui donne un écrit.)

EUGÈNE. Grand Dieu! c'est le placet qu'il nous a lu.

VICTORINE. C'était donc vrai?

EUGÈNE. Le style de cette demande vous dit assez, monsieur, que j'ignorais entièrement.

LE COMTE. Je vous crois.. mais jugez de mon embarras et de ma confusion... lorsque ce matin le ministre m'a remis cette étrange pétition. Elle pouvait me compromettre.... car le ridicule est mortel... à la cour comme à la ville. Heureusement, la folie de M. Goriot est avérée... et le ministre a ri, comme moi, de cette pièce curieuse... mais vous sentez, monsieur, que nous devions changer nos dispositions..... d'après l'état désespéré de notre beau-père.

EUGÈNE. Je crois, monsieur le comte, que vous vous exagérez la situation de M. Goriot.... La tendresse de ses filles..... les soins de l'amitié.... une aisance honnête et l'air de la campagne, lui rendront le calme... la raison.

LE COMTE. Peut-être... mais dans la situation d'esprit où il se trouve, ses filles doivent craindre de le revoir.. elles nous avaient accompagnées pour lui souhaiter sa fête... Elles sont près d'ici; mais comme elles sont faibles, souffrantes, je me suis opposé à cette entrevue, peut-être même ne les reconnaîtrait-il pas.

EUGÈNE. Au fait, monsieur le comte... au fait... qu'avez-vous fait pour ce vieillard?

LE COMTE. Sa famille ne peut pas souffrir qu'il soitplus long-tems à charge à Mlle Victorine.

VICTORINE. Plus bas, monsieur.... Oh! de grâce.... plus bas.

LE COMTE. M. Goriot va quitter cette maison de santé, dans une heure on viendra le chercher... Le ministre, à ma sollicitation, a daigné m'accorder pour lui une place.

EUGÈNE et VICTORINE. Une place?

LE COMTE. Dans la maison royale de Bicêtre.

SCENE VII.

LES MÊMES, GORIOT.

GORIOT, *dans le pavillon, avec un cri terrible.* Bicêtre!

VICTORINE. Il a tout entendu....

GORIOT, *sortant violemment.* Bicêtre!... à vous!.... à vous Bicêtre!... aux scélérats... aux assassins... aux voleurs!... Bicêtre!... et mes filles ne sont pas là pour me défendre!... pour me former un rempart de leurs corps.... Elles ont donc aussi dit, comme ces infâmes, Bicêtre à notre père!

LE COMTE. Vous le voyez, monsieur, sa folie va jusqu'à la fureur.

EUGÈNE. Vous me faites pitié, monsieur.

GORIOT. Bicêtre!... Bicêtre!... je n'irai pas... j'ai pour moi... les lois... j'aurai pour moi.... tous les pères, et je puis me passer de tout le monde... de tout le monde, entendez-vous... car je suis riche... Je suis riche encore. (*Egaré.*) Cinq cent mille francs.... à Grenoble.

LE COMTE. Qu'entends-je?

GORIOT. Ils n'étaient pas pour moi..... Mais Bicêtre!...

EUGÈNE. Retirez-vous, monsieur.

GORIOT, *égaré*. Oui, retirez-vous!.... car... c'est du sang de tigre que vous avez mis dans mes veines... Retirez-vous.... je suis capable de vous assassiner.

VICTORINE. Oh! j'en mourrai de douleur.

LE COMTE. Rassurez-le, monsieur, nous allons tout réparer.

(Il sort.)

SCÈNE VIII.

EUGÈNE, GORIOT, VICTORINE.

EUGÈNE. Mon ami... calmez-vous...

GORIOT. Partons!... partons!... je n'ai plus rien qui me retienne ici... et tout m'appelle là-bas! Oh! si vous saviez, mes filles m'ont délaissé.... C'est bien.... cela devait être.... je les aimais trop; mais il m'en reste une encore!... une fille que j'ai abandonnée.... et celle-là m'aimera.

VICTORINE. Une fille!... Que dit-il?....

GORIOT. Oui!... une fille... qu'il fallut cacher à tout le monde.. .car ici j'étais marié... marié à une femme que j'adorais.... mais j'étais jeune encore, et alors.....

EUGÈNE. Achevez, mon ami.

GORIOT. Partons! oh! partons pour Grenoble! allons venger cette enfant des rigueurs de la loi qui la repousse!.... l'argent que j'ai là-bas, c'était pour elle! c'est toujours pour elle! nous verrons si celle-là refusera du pain à son père; oh! par pitié, partons pour Grenoble.

SCENE IX.

LES MÊMES, VAUTRIN, *s'arrêtant au fond.*

VAUTRIN. Grenoble! ils vont tout savoir!...

GORIOT. Allons rejoindre la seule fille qui me reste.

VAUTRIN, *s'avançant*. Arrêtez, papa Goriot; et vous, mes amis, vous n'irez pas à Grenoble pour retrouver cette fille chérie; car cette fille chérie...

TOUS. Eh bien!

VAUTRIN. C'est Victorine.

GORIOT. Victorine!

VICTORINE, *se jetant dans ses bras*. Mon père!

(Ils s'embrassent.)

VAUTRIN. Je suis volé, j'ai fait une bonne action; c'est drôle.

GORIOT. Ah! ne me trompez pas, ne me trompez pas, car j'en mourrais!...

VAUTRIN. En voici la preuve; cet acte déposé chez le notaire, où je travaillais et que j'avais gardé pour cause.

GORIOT, *après avoir lu*. Oui, oui! je n'en saurais douter, tu es ma fille, mon ami... ma vie! (*Pleurant.*) Oh! oh! mon Dieu, tu me devais celle-là.

VICTORINE. Oh! que je suis heureuse à présent.

GORIOT. Ma fille! (*A Eugène.*) Mon fils! mes enfans!... Oh! j'ai peur de mourir à présent. (*On entend sonner au dehors.*) Grand Dieu! ils viennent peut-être me chercher.

EUGÈNE. Ce sont vos gendres et vos filles, ils savent tout; ils auront vu votre notaire.

GORIOT. Défendez-moi!.... défendez-moi!...

SCENE XI.

LES MÊMES, LE COMTE, LE BARON, DELPHINE, ANASTASIE.

(Ils arrivent empressés avec de très-gros bouquets.)

DELPHINE et ANASTASIE. Mon père.....

GORIOT. Qui êtes-vous?

ANASTASIE. Vous ne pouvez méconnaître vos enfans.

GORIOT. Mes enfans! (*Embrassant Victorine et Eugène.*) Les voici.

LE COMTE. Est-ce qu'il aurait retrouvé sa raison?

GORIOT. Ma raison, oui!... j'ai tout retrouvé, raison, fortune, et jusqu'à une fille. (*Avec solennité.*) La voici, celle qui m'a consacré ses jours et ses nuits, tandis que ses sœurs allaient au bal; maintenant je ne connais plus qu'elle!

ANASTASIE et **DELPHINE**. Mon père!

GORIOT. Retirez-vous!

VICTORINE. Laissez-vous fléchir!

ANASTASIE et **DELPHINE**. Par pitié.

GORIOT. Sortez! les portes de Bicêtre nous séparent à jamais!

(Delphine et Anastasie tombent à genoux; Victorine et Eugène se jettent dans les bras de Goriot; mouvement général. Tableau.)

FIN.

IMPRIMERIE DE DONDEY-DUPRÉ, RUE SAINT-LOUIS, N° 46, AU MARAIS.

EN VENTE :

LA

PREMIÈRE ANNÉE DU MAGASIN THÉATRAL,

4 vol. gr. in-8°, contenant 25 pièces chaque.

Prix du volume : 5 fr.

Chaque Volume et chaque Pièce se vendent séparément.

PREMIER VOLUME.	f.
L'Homme du siècle, drame hist.	6
La Visite domiciliaire, drame	3
Le Royaume des Femmes, folie.	3
Le Sauveur, comed. 3 act.	6
Les Faussaires anglais, mélod.	3
Le Magasin pittoresque, revue.	3
Le Serf et le Boyard, mélod.	3
Le Château d'Ulurby, op. com.	3
L'Amitié d'une jeune fille, mélod	6
Je serai Comédien, coméd., 1 acte.	3
Le Fils de Ninon, drame. 3 actes.	6
Le Prix de vertu, com.-vaud.	3
Le Curé Mérino, drame, 3 act.	6
Le Mari d'une Muse com. vaud.	3
Flore et Zéphir, folie vaud., 1 act.	3
Le Domino rose, com.-vaud.	3
La Chambre de ma femme, com.	3
Les Quatre âges du Palais-Royal.	6
Juliette, drame en trois actes.	6
Une Dame de l'Empire com.-v.	3
La Paysanne demoiselle, vaud.	6
Un Soufflet, com.-vaud., 1 acte.	3
Les Liaisons dangereuses, drame.	6
Le Doigt de Dieu, drame, 1 acte.	3
La Fille du Cocher, com. vaudev.	3

DEUXIÈME VOLUME.	f.
Théophile, com.-vaud., un acte.	3
L'Oraison de St Julien, com.-vaud.	3
La Vénitienne, drame, 5 actes.	6
L'Honneur dans le crime drame.	6
Un bal de domestiques, vaudev.	3
Les Charmettes, comédie.	3
Pécherel l'empailleur, vaud.	3
L'Aiguillette bleue, vaud. histor.	3
Les Mal-Contents de 1579, drame.	6
Une Chanson, drame vaud.	3
Le Dernier de la famille, com.-v.	3
L'Apprenti, vaudev. en un acte.	3
Le Triolet bleu, com.-vaud.	6
Salvoisy, vaud. en deux actes.	6
Une Aventure sous Charles IX.	6
Lestocq, opéra-comiq. 4 actes.	6
Turiaf le Pendu, vaud., un acte.	3
Artiste et artisan, com vaudev.	3
L'Aspirant de marine, op. com.	3
Un Ménage d'ouvriers, com.-vaud.	3
L'Interprète, com.-vaud., 1 acte.	3
Un enfant, drame en 4 actes.	6
Le Capitaine Roland, com.-vaud	3
La Tour de Babel, revue épisod.	3
La Nappe et le Torchon, com.-v.	6

TROISIÈME VOLUME.	f.
Les Duels, com.-vaud., 2 actes.	6
Vingt ans plus tard, vaud.	3
L'Angelus, opéra comique, 1 acte	3
Un Secret de famille, drame.	6
Les Dernières scènes de la Fronde.	3
La Robe déchirée, com.-vaud.	3
Le Commis et la Grisette, vaud.	3
Lionel ou mon avenir, vaud.	6
Heureuse comme une princesse.	6
La Cinquantaine, com.-vaud.	3
Prêtes-moi cinq francs, mélod.	6
Un caprice de femme, op.-com.	3
L'Impératrice et la Juive, drame.	6
Le Capitaine de vaisseau, vaud.	6
Les Sept péchés capitaux, vaud.	3
Le Juif Errant, drame fantastiq.	6
Deux femmes contre un homme.	6
Le Septuagénaire, drame, 4 actes.	6
Gribouille, extravagance.	6
La Frontière de Savoie, vaud.	3
Les Deux borgnes, folie-vaud.	3
La Toque bleue, vaud., 2 acte.	3
Charles III, ou l'Inquisition.	6
Deux de moins, com.-vaud.	3
Jacquemin roi de France, c.-vaud.	3

QUATRIÈME VOLUME.	f.
Les Immoralités, comédie.	3
La Lectrice, vaudev., 2 actes.	6
Le Comte de St. Germain.	6
L'Ecole des Ivrognes.	3
Les Bons maris, com.-vaud.	6
La Famille Moronval, drame.	6
Morin, drame en cinq actes.	8
La Tempête, folie-vaud., 1 acte	3
Mon ami Grandet, vaudev.	6
Le Juif Errant, vaud., 3 actes.	3
La Filature, vaud. en 3 actes.	6
Le Marchand Forain, op. com.	6
L'Idiote, comédie-vaudev.	3
Les Tours Notre-Dame, vaud.	3
Le Mari de la Favorite, comédie.	6
Lord Byron à Venise, comédie.	6
La Vie de Napoléon, scène épis.	3
La Vieille Fille, com.-vaudev.	
Laïde, mélodrame historique	
Georgette, vaudev.	3
Le For l'Évêque, vaud.	6
Les Ramoneurs, vaudeville.	3
La Sentinelle perdue. op. comiq.	3
Au Rideau ! vaudeville.	3

Les Pièces contenues dans le Magasin Théâtral, étant la propriété de l'Éditeur, ne feront jamais partie d'aucune autre publication.

DEUXIEME ANNÉE.

PREMIER VOLUME.	f.
Frétillon, vaud. en cinq actes.	8
La Femme qu'on n'aime plus, c. v.	4
1834 et 1835, revue épis. un acte.	4
Le Tapissier, com. en trois actes.	8
La Fille de l'Avare, vaud. en 2 a.	8
L'Autorité dans l'embarras, v. 1 a.	4
Dolly, drame en trois actes.	4
Les Chauffeurs, mélo. en 3 actes.	8
Les deux Nourrices, v. en un acte.	4
Les Pages de Bassompierre, c. 1 a.	4
Au Clair de la Lune, v. en 2 a.	8
Farinelli, com. hist. en trois actes.	8
La Nonne sanglante, d. en 5 actes.	8
Marmitons et Grands Seigneurs, v.	4
La Marquise, opé.-com. en 1 acte.	4
Fich Tong-Khan, vaud. en 1 acte.	4
Les Gants jaunes, vaud. en 1 acte.	4
Mon ami Polyte, v. en un acte.	4
Le Cheval de Bronze, op. c. 3 act.	8
Les Beignets à la Cour, c. en 2 a.	4
Le Père Goriot, vaud. en 3 actes.	8

DEUXIÈME VOLUME.	f.
Fleurette, drame en 3 actes.	8
Anacharsis, vaud. en 1 acte.	4
La Traite des noirs, drame.	8
Manette, com. vaud. un acte.	4
Karl, drame en quatre actes.	8
La Croix d'or c.-vaud. 2 act.	8
Le Vendu, tableau pop. 1 a.	4

www.ingramcontent.com/pod-product-compliance
Ingram Content Group UK Ltd.
Pitfield, Milton Keynes, MK11 3LW, UK
UKHW020233180726
13838UKWH00005B/2358

9 782329 063461